BESTE FREUNDE

Für Stephen – LS

Für Tante Jan, in Erinnerung jener Sommer,
die ich malend in Pondok verbracht habe – BD

8. Auflage 2019
© der deutschen Ausgabe 2015 Aladin Verlag GmbH, 2019 Aladin in der Thienemann-Esslinger Verlag GmbH, Stuttgart
Originalcopyright © 2014 by Linda Sarah and Benji Davies
All rights reserved · Copyright Text © Linda Sarah · Copyright Illustrationen © Benji Davies
Originalverlag: Simon and Schuster UK Ltd, London · Originaltitel: On Sudden Hill · Aus dem Englischen von Johanna Hohnhold
Lektorat: Svenja Drewes · Lettering: Björn Liebchen · Printed in China · ISBN 978-3-8489-0091-6 · www.aladin-verlag.de

BESTE FREUNDE

Linda Sarah und Benji Davies

Aus dem Englischen von
Johanna Hohnhold

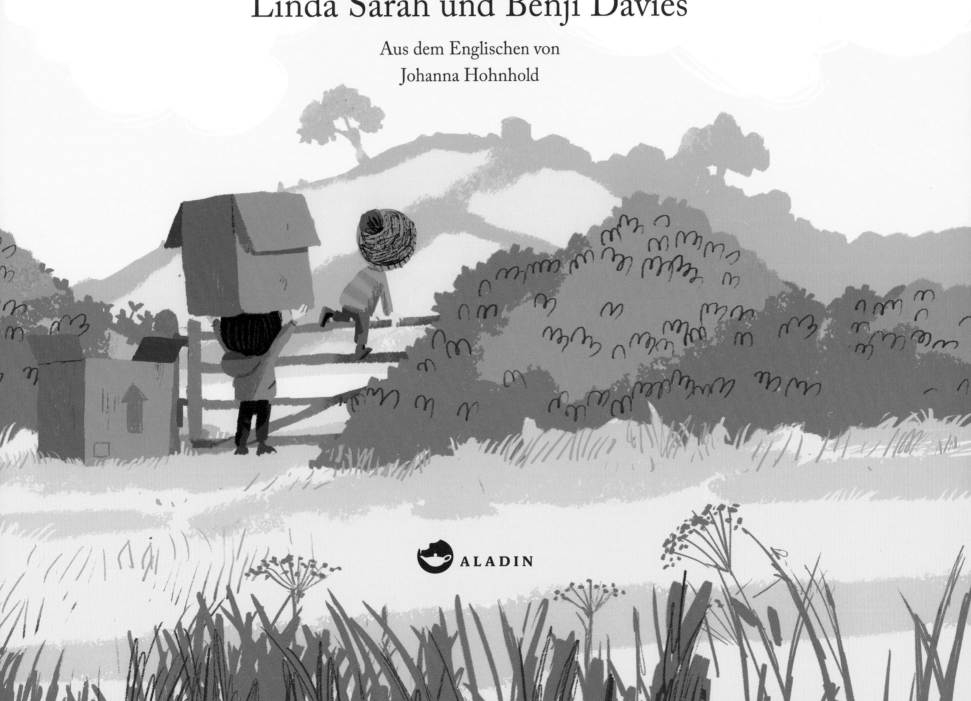

ALADIN

Zwei Pappkartons, groß genug,
um darin zu sitzen und sich zu verstecken.

Ben und Eddy schleppen sie Tag für Tag nach draußen,
hoch hinauf auf den Hügel und machen es sich darin gemütlich.

Mal sind sie Könige,
Ritter oder Astronauten.
Mal Piraten, die Wind
und Wellen bezwingen.

Aber eines sind sie immer:
richtig dicke Freunde.

Sie segeln, rennen, springen, fliegen,
sie quatschen und kichern.
Eddy und Ben.

Und manchmal sind die beiden
auch mucksmäuschenstill,
beobachten jede Bewegung im Tal
und fühlen sich wie die Größten.

Ben findet, Eddy und er sind ein tolles Team.

Eines Montags
begegnen sie einem
anderen Kartonschlepper,
der mitspielen möchte.

Der Junge heißt Sam.
Er hat Ben und Eddy jeden Tag aus der Ferne beobachtet.
Bis er endlich einen richtig großen Pappkarton gefunden
und genügend Mut gesammelt hat, um zu fragen,
ob er bei den beiden mitmachen darf.

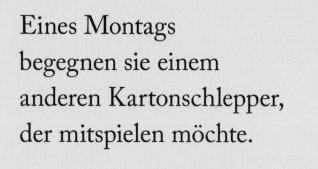

Eddy lächelt und sagt: »Na klar!«
Sie hocken in ihren Pappkartons und sehen zu,
wie die Wolken Fangen spielen.

Sie sind Drachenjäger,
Hausbesetzer oder Himmelsstürmer.

Aber auf einmal hat Ben
ein seltsames Gefühl.

Eines Nachts reißt er
seinen Karton in Stücke und
trampelt darauf herum.

Die Stimme seines Vaters schallt aus dem Wohnzimmer:
»Ben! Was machst du da?«

Ben geht nicht mehr zum Hügel.

Eddy und Sam klingeln
manchmal bei Ben.
Aber Ben will sie nicht sehen.

Stattdessen bleibt er im Haus und malt Bilder von zwei Pappkartons.

Er vermisst Eddy. Und ihre Pappkartonschlösser auf dem Hügel fehlen ihm auch.

Eines Tages klopft es
an der Tür.

Er kann Sams Stimme hören:
»Wir haben ein Geschenk
für dich. Los, komm raus!«

Alles, was Ben
durch den Spalt
zwischen den Gardinen
erkennen kann,
ist eine Kiste.

Moment mal,
es ist viel mehr
als eine Kiste!

Leuchtende, flatternde Bänder
und Flaggen sind daran befestigt.
Das Ding ist kunterbunt bemalt.
Es macht sogar Geräusche.
Und hat echte RÄDER!

Der RIESENKARTON auf Rädern,
den sie Herr Klettermaxe nennen,
wird auf den Hügel gezogen.

Ein unfassbares Riesenmonsterkistending!

Eine Überschall-Raketen-Sprengkanone!

Ein Düsenjet-Tiefflugsegler!

Ein funkelnder Glitzerschlitten!

Es gibt sogar Geheimfächer,
eines mit Keksen, eines mit Limonade.

Ben mag Sam.
Sam ist ein feiner Kerl.
Sam ist lustig.
Sam ist mutig und
traut sich was.

Ben hat viel Spaß mit seinen Freunden.
Ben, Eddy und Sam. Nichts kann sie trennen!

Und eines sind sie immer: richtig dicke Freunde.